漱玉词

〔宋〕李清照 著

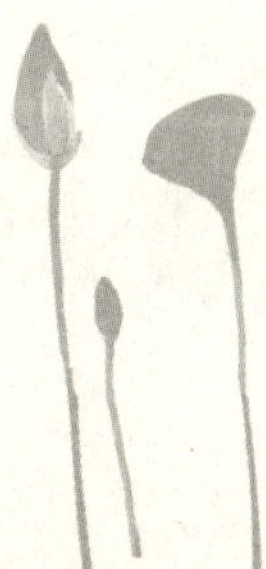

四川文艺出版社

目录

contents

如梦令

单调，三十三字，七句，五仄韵，一叠韵。此调原名《忆仙姿》，传为后唐庄宗自制曲，后改为《如梦令》，以仄韵较为普遍。亦别有押平韵者，见吴文英词。

花溪载鹤

如梦令

常记[1]溪亭日暮，沉醉不知归路。兴尽晚回舟，误入藕花深处。争[2]渡，争渡，惊起一行[3]鸥鹭[4]。

1 常记：时常记起。
2 争：怎，怎么。
3 一行：又作“一滩”。
4 鸥鹭：指水鸟。

如梦令

昨夜雨疏风骤[1]，浓睡[2]不消残酒[3]。试问卷帘人[4]，却道海棠依旧。知否，知否？应是绿肥红瘦[5]。

1 雨疏风骤：雨点稀疏，晚风急猛。
2 浓睡：酣睡。
3 残酒：还未消散的醉意。
4 卷帘人：指侍女。
5 绿肥红瘦：绿叶繁茂，红花凋零。

点绛唇

此调创自五代冯延巳，双调，四十一字。上阕四句，三仄韵；下阕五句，四仄韵。另有其他变体。

康熙辛卯盛夏

点绛唇

寂寞深闺，柔肠一寸愁千缕。惜春春去，几点催花雨[1]。

倚遍阑干[2]，只是无情绪。人何处[3]？连天芳树，望断归来路。

1 催花雨：即春雨。
2 阑干：同“栏杆”。
3 人何处：所思念的人在哪里。

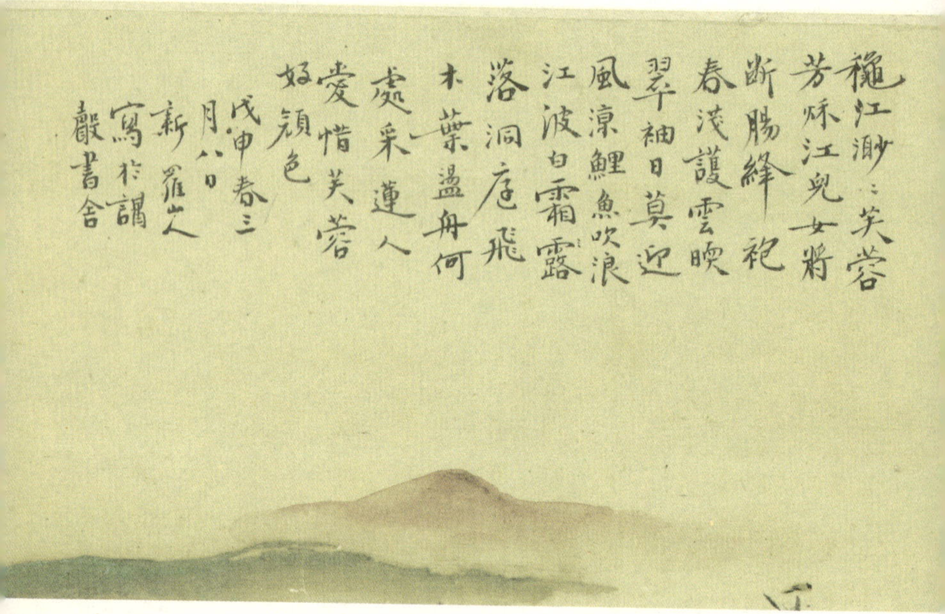
穠江渺渺芙蓉
芳秾江兒女將
斷腸絳袍
春淺護雲暎
翠袖日莫迎
風涼鯉魚吹浪
江波白霜露
落洞庭飛
木葉盪舟何
處采蓮人
愛惜芙蓉
好顏色
戊申春三
月八日
新羅山人
寫於講
聲書舍

点绛唇

蹴[1]罢秋千，起来慵整纤纤手。露浓花瘦，薄汗沾衣透。

见客入来，袜刬[2]金钗溜[3]。和羞走。倚门回首，却把青梅嗅。

1 蹴：踏。
2 袜刬：没有穿鞋，穿着袜子行走。
3 金钗溜：意为快跑时首饰从头上掉下来。

瑤圃仙峯拔地奇陡上薄雲霄下絕塵垢朱草
長生朱泉永溜白鶴來儀白鹿留夙有桃一株
屈曲蟠霞結實千秋磊落殷阜棗大如瓜萍大
如斗未若茲果元氣鍾厚摘自麻姑來獻西母
露蓮瓊漿甘勝天酒臣翔繪圖拜手稽首於萬
斯年篤祜彌久
乾隆辛未長至月 日 臣 鄒一桂恭畫

浣溪沙

原为唐教坊曲，后为词牌名，最早采用此调的为唐人韩偓。宋人所填《浣溪沙》多为双调，四十二字。上阕三句，三平韵；下阕三句，两平韵，过片两句多用对仗。另有其他变体。

浣溪沙

髻子伤春慵更梳，晚风庭院落梅初。淡云来往月疏疏。

玉鸭熏炉[1]闲瑞脑[2]，朱樱[3]斗帐掩流苏。遗犀[4]还解辟寒无？

1 玉鸭熏炉：玉质的鸭形香炉。

2 瑞脑：一种名贵的香，又称龙脑香。

3 朱樱：深红色的帷帐。

4 犀：指犀牛的角。

浣溪沙

莫许杯深琥珀[1]浓，未成沉醉意先融[2]。疏钟已应晚来风。

瑞脑香消魂梦断，辟寒金[3]小髻鬟松。醒时空对烛花[4]红。

1 琥珀：这里指色如琥珀的美酒。

2 融：形容酒醉恬适的意态。

3 辟寒金：相传昆明国有一种益鸟，常吐金屑如粟，铸之可以为器。

4 烛花：犹灯花。相传灯花是喜事的征兆，亦是词人心中希望的象征。

浣溪沙

绣面[1]芙蓉一笑开，斜飞宝鸭衬香腮。眼波[2]才动被人猜。

一面[3]风情深有韵[4]，半笺娇恨寄幽怀。月移花影约重来。

1 绣面：形容女子面容娇美。

2 眼波：眼光，眼神。

3 一面：满面。

4 韵：味道。

浣溪沙

小院闲窗[1]春色深，重帘未卷影沉沉[2]。倚楼无语理[3]瑶琴。

远岫[4]出云催薄暮，细风吹雨弄轻阴[5]。梨花欲谢恐难禁[6]。

1 闲窗：有雕花和护栏的窗子。

2 沉沉：指闺房幽暗深邃。

3 理：拨弄。

4 远岫（xiù）：远山。

5 弄轻阴：舞动阴天。

6 难禁：难以阻止。

浣溪沙

淡荡[1]春光寒食天，玉炉沉水[2]袅残烟。梦回[3]山枕隐花钿。

海燕未来人斗草[4]，江梅已过柳生绵。黄昏疏雨湿秋千。

1 淡荡：舒缓、和舒。多形容春天的景物。

2 沉水：沉水香，一种名贵的香料。

3 梦回：从梦中醒来。

4 斗草：一种竞采百草、比赛优胜的游戏，参加者多为青年妇女与儿童。

菩萨蛮

原为唐教坊曲，后为词牌名，也作曲牌。双调小令，以五七言组成，四十四字。用韵两句一换，凡四易韵，平仄递转，以繁音促节表现深沉而起伏的情感。

菩萨蛮

风柔日薄[1]春犹早，夹衫乍着[2]心情好。睡起觉微寒，梅花鬓上残。

故乡何处是？忘了除非醉。沉水卧时烧，香消酒未消。

1 日薄：形容早春阳光和煦宜人。

2 乍着：刚刚穿上。

菩萨蛮

归鸿声断残云碧，背窗[1]雪落炉烟直。烛底凤钗明，钗头人胜[2]轻。

角[3]声催晓漏，曙色回牛斗[4]。春意看花难，西风留旧寒。

1 背窗：北面堂屋的窗子。
2 人胜：剪成人形的首饰。
3 角：古代军中的号角。
4 牛斗：与斗、牛同。两个星宿名。

诉衷情

原为唐教坊曲，后为词牌名，晚唐温庭筠创作此调。原为单调，后演变为双调，四十四字。上阕四句，三平韵；下阕六句，三平韵。另有其他变体。

诉衷情·枕畔闻梅香

夜来沉醉卸妆迟，梅蕊插残枝。酒醒熏破春睡，梦断不成归。

人悄悄，月依依，翠帘垂。更[1]挼[2]残蕊，更捻余香，更得[3]些时。

1 更：又。

2 挼（ruó）：揉搓。

3 得：需，待。

减字木兰花

系从本调《木兰花》减少字数而成，双调，四十四字。上下阕各四句，两仄韵，两平韵。此调宜于写景咏物，音节和谐委婉，情感温柔缠绵。

减字木兰花

卖花担上，买得一枝春欲放。泪[1]染轻匀，犹带彤霞晓露痕。

怕郎猜道，奴[2]面不如花面好。云鬓[3]斜簪，徒[4]要教郎比并[5]看。

1 泪：指形似眼泪的晶莹露珠。
2 奴：作者自称。
3 云鬓：形容鬓发多而美。
4 徒：只、但。
5 比并：对比。

好事近

以宋祁《好事近》（睡起玉屏风）为正体，双调，四十五字。上下阕各四句，两仄韵。此调宜押入声韵，书写顿挫心曲、不快愁情。

好事近

风定落花深，帘外拥红堆雪。长记海棠开后，正伤春时节。

酒阑[1]歌罢玉尊空，青缸[2]暗明灭。魂梦不堪幽怨[3]，更一声啼鴂[4]。

1 酒阑：喝完了酒。

2 青缸：青灯。

3 幽怨：潜藏在心里的怨恨。

4 啼鴂：又作“鶗鴂”。

清平乐

原为唐教坊曲，后为词牌名。双调，四十六字。上阕四句，四仄韵；下阕四句，三平韵。晏殊、晏几道、黄庭坚、辛弃疾等均用过，其中晏几道尤多。又为曲牌名，属南曲羽调。

清平乐

年年雪里，常插梅花醉。挼尽梅花无好意[1]，赢得[2]满衣清泪。

今年海角天涯，萧萧两鬓生华[3]。看取晚来风势，故应[4]难看梅花。

1 无好意：心情不好。

2 赢得：落得。

3 萧萧两鬓生华：形容鬓发花白稀疏的样子。

4 故应：自应。

忆秦娥

世传唐代大诗人李白首制此词，李白词中有“秦娥梦断秦楼月”句，故名。双调，四十六字，上下阕各五句，三仄韵，一叠韵。此调别有平韵体，始见于贺铸词。

忆秦娥

临高阁，乱山平野烟光薄[1]。烟光薄。栖鸦归后，暮天闻角。

断香残酒情怀恶。西风催衬[2]梧桐落[3]。梧桐落。又还秋色，又还寂寞。

1 烟光薄：烟雾淡而薄。

2 催衬：催促，促使。“衬”，引申为帮衬。

3 梧桐落：在古典诗词中，桐死、桐落既可指妻妾的丧亡，亦可指丧夫。

忆少年

以晁补之《忆少年》（别历下）为正体，双调，四十六字。上阕五句，两仄韵；下阕四句，三仄韵。另有其他变体。

忆少年

疏疏整整，斜斜淡淡，盈盈脉脉。徒怜暗香句，笑梨花颜色[1]。

羁马萧萧行又急。空回首、水寒沙白。天涯倦牢落[2]，忍一声羌笛。

1 梨花颜色：语出王建《梦好梨花歌》：“落花散粉飘满空，梨花颜色同不同。”

2 牢落：孤寂无聊。

山花子

原为唐教坊曲，后为词牌名。又名《摊破浣溪沙》，以李璟《摊破浣溪沙》（菡萏香销翠叶残）为正体，双调，四十八字。上阕四句，三平韵；下阕四句，两平韵。换头二句以对仗为宜。

山花子

病起萧萧[1]两鬓华，卧看残月上窗纱。豆蔻连梢煎熟水，莫分茶。

枕上诗书闲处好，门前风景雨来佳。终日向人多酝藉[2]，木樨花[3]。

1 萧萧：形容鬓发花白稀疏的样子。

2 酝藉：宽和有涵容。

3 木樨花：即桂花。

山花子

揉破黄金万点明[1]，剪成碧玉叶层层。风度精神如彦辅，大鲜明。

梅蕊重重何俗甚[2]，丁香千结苦粗[3]生。熏透[4]愁人千里梦，却无情。

1 明：又作“轻”。
2 何俗甚：俗不可耐。
3 苦粗：粗劣，不精的意思。
4 熏透：被桂花香熏醒。

春光好

冯延巳词有“拂面春光长好”句，故名《春光好》，双调，四十八字。上下阕各四句，三平韵。另有其他变体。

湯陰鄂王墩春桃
塋居　地在泰州西
城鄂王昔所駐
兵屯鎮舊邸也
居民業桃為事
匝壙左右數十
頃皆桃樹每春
酣紅雨時士女雲
集賞之　鳳翰并
記

春光好

看看腊尽春回，消息到、江南早梅。昨夜前村深雪里，一朵先开。

盈盈玉蕊如裁。更风清、细香暗来。空使行人肠欲断，驻马[1]徘徊。

1 驻马：停下马不走。

添字丑奴儿

此调在《丑奴儿》原调上下阕的第四句各添入二字，增字后，音节和乐句亦相应发生了变化。双调，四十八字，两平韵，一叠韵。

添字丑奴儿·芭蕉

窗前谁种芭蕉树？阴满中庭。阴满中庭[1]，叶叶心心，舒卷有余情。

伤心枕上三更雨，点滴凄清[2]。点滴凄清，愁损北人[3]，不惯起来听。

1　中庭：即庭中，庭院里。

2　凄清：又作霖霪。

3　北人：指北方被金国占领的北宋故地的人。这里指词人自己。

武陵春

此调相传为北宋词人毛滂所创，以其词《武陵春》（风过冰檐环珮响）为正体，双调，四十八字，上下阕各四句，三平韵。另有其他变体。

武陵春

风住尘香[1]花已尽，日晚倦梳头。物是人非事事休。欲语泪先流。

闻说双溪春尚好，也拟[2]泛轻舟。只恐双溪舴艋舟[3]，载不动、许多愁。

1 尘香：落花触地，尘土也沾染上落花的香气。

2 也拟：也想、也打算。

3 舴（zé）艋（měng）舟：小船，两头尖如蚱蜢。

一種

醉花阴

又名《醉花去》《醉春风》。双调，五十二字，上下阕各五句，三仄韵。此调多用于吟咏景物或节令时序。

醉花阴

薄雾浓云愁永昼[1]，瑞脑消金兽。佳节又重阳，玉枕纱厨[2]，半夜凉初透。

东篱把酒黄昏后，有暗香盈袖。莫道不销魂[3]，帘卷西风[4]，人比黄花瘦。

1 愁永昼：愁难排遣觉得白天太长。
2 纱厨：即防蚊蝇的纱帐。
3 销魂：仿佛魂将离开身体，形容极度忧愁、悲伤。
4 西风：秋风。

乙酉
折枝一圖
藪山茶
地錦抄ニ云
沙羅雙樹
大和本草ニ云
沙羅樹

南歌子

原为唐教坊曲，后为词牌名。双调，五十二字，上下阕各四句，三平韵。此词宋以前人多作单调，双调始自五代毛熙震，后人多从之。

南歌子

天上星河转[1]，人间帘幕垂。凉生枕簟[2]泪痕滋，起解罗衣，聊[3]问夜何其？

翠贴莲蓬小，金销藕叶稀。旧时天气旧时衣。只有情怀，不似旧家[4]时。

1 星河转：星河不断移动，指夜已深。星河，银河。

2 枕簟（diàn）：枕头和竹席。

3 聊：姑且。

4 旧家：从前。

乙酉

忆王孙

原为单调小令，三十一字，五句，五平韵。李清照《忆王孙》（湖上风来波浩渺）为双调，五十四字，上下阕各四句，三仄韵，句式与单调不完全相同。

忆王孙

湖上风来波浩渺[1]，秋已暮、红稀香[2]少。水光山色与人亲，说不尽、无穷好。

莲子已成荷叶老，清露洗、蘋花汀草。眠沙鸥鹭不回头，似也恨、人归早。

1 浩渺：盛大邈远。

2 红、香：以颜色、气味指代花。

怨王孙

双调，五十三字，上下阕各两仄韵、两平韵。此调变体较多，而且句读韵脚也多不一致，莫衷一是。

怨王孙

梦断漏悄，愁浓酒恼。宝枕[1]生寒，翠屏向晓[2]。门外谁扫残红[3]？夜来风[4]。

玉箫声断人何处？春又去，忍把归期负。此情此恨此际，拟托行云[5]，问东君。

1 宝枕：华美的枕头。
2 向晓：拂晓。
3 残红：凋落的花瓣。
4 夜来风：昨夜的风。
5 行云：流云。

怨王孙

帝里春晚，重门深院。草绿阶前，暮天雁断[1]。楼上远信谁传？恨绵绵。

多情自是多沾惹，难拚舍[2]，又是寒食也。秋千巷陌人静，皎月初斜，浸梨花[3]。

1 暮天雁断：傍晚的时候，飞雁过尽。
2 拚舍：抛弃。
3 浸梨花：月光如水浸润着梨花。

鹧鸪天

双调，五十五字，上阕四句，三平韵；下阕五句，三平韵。此词纯系两首七言绝句稍加变化而来，除下阕换头将第一句破作三字两句，在平仄句法上都同七绝非常相似。

鹧鸪天

寒日萧萧[1]上琐窗[2]，梧桐应恨夜来霜。酒阑[3]更喜团茶苦，梦断偏宜瑞脑香。

秋已尽，日犹长，仲宣怀远更凄凉。不如随分[4]尊前[5]醉，莫负东篱菊蕊黄。

1 萧萧：凄清冷落的样子。
2 琐窗：镂刻连锁纹饰的窗户。多本作“锁窗”。
3 酒阑：酒尽，指饮酒之后。
4 随分：随便，随意。
5 尊前：指宴席上。尊，同“樽”。

鹧鸪天·桂

暗淡轻黄体性柔，情疏迹远只香留。何须浅碧轻[1]红色，自是花中第一流。

梅定妒，菊应羞，画栏开处冠中秋。骚人[2]可煞[3]无情思[4]，何事[5]当年不见收？

1 轻：又作深。
2 骚人：指屈原。
3 可煞：疑问词，犹可是。
4 情思：思念。
5 何事：为何。

木兰花令

原为唐教坊曲，后为词牌名。双调，五十六字，上下阕各四句，三仄韵，不同部换叶。另有其他变体。

木兰花令

沉水香消人悄悄，楼上朝来寒料峭。春生南浦水微波，雪满东山风未扫。

金尊莫诉[1]连壶倒，卷起重帘留晚照。为君欲去更凭栏，人意不如山色好。

1 莫诉：不要推辞饮酒。

偵花之圖

玉楼春

以五代词人顾敻《玉楼春》(拂水双飞来去燕)为正体,双调,五十六字,上下阕各四句,三仄韵。另有其他变体。

畫中倪米兩家不同體而同韻故前人每多合作向見惲南田一幀其題句云千古墨林稱逸品米顛以後只倪迂即用此意也

鳳翰記

玉楼春·红梅

红酥[1]肯放琼苞[2]碎，探着南枝开遍未？不知酝藉几多香，但见包藏无限意。

道人憔悴春窗底，闷损阑干愁不倚。要来小酌[3]便来休，未必明朝风不起。

1 红酥：指色泽滋润的红梅。

2 琼苞：像玉一般温润欲放的鲜嫩梅蕊，又作琼瑶。

3 小酌：随意小饮。

玉楼春

腊前先报东君信，清似龙涎香得润。黄轻[1]不肯整齐开，比着江[2]梅仍更韵。

纤枝瘦绿天生嫩，可惜清寒摧挫损。刘郎[3]只解误桃花，怅恨今年春又尽。

1 黄轻：浅黄色。

2 江：又作红。

3 刘郎：唐代刘禹锡《再游玄都观》："百亩庭中半是苔，桃花净尽菜花开。种桃道士归何处？前度刘郎今又来。"刘郎，比喻走了又回来的人。

河传

双调，五十九字，上阕五句，四仄韵；下阕六句，三仄韵。此调变体较多，而且句读韵脚也多不一致，莫衷一是。

汾陽郡王墓春杏谷居

地在秦州西城郭王昔所駐兵屯鎮廬邑也居民業桃為事匝壖左右數十頃皆桃樹每春酣紅雨時士女雲集賞之

鳳翰并記

河传·梅影

香苞素质。天赋与、倾城标格[1]。应是晓来，暗传东君消息。把孤芳、回暖律[2]。

寿阳[3]粉面增妆饰。说与高楼，休更吹羌笛。花下醉赏，留取时倚阑干，斗清香、添酒力。

1 标格：品格，风格。

2 暖律：古代以时节合音律，温暖的时节称为“暖律”。

3 寿阳：（南朝宋）武帝女寿阳公主，人日卧于含章殿檐下，梅花落公主额上，成五出之花，拂之不去。皇后留之，自后有梅花妆是也。（唐韩鄂《岁华纪丽》卷一《人日》）

小重山

以薛昭蕴《小重山》（春到长门春草青）为正体，双调，五十八字，上下阕各四句，四平韵。而李清照《小重山》（春到长门春草青）则为变体，双调，五十八字，上阕六句，三平韵；下阕六句，四平韵。

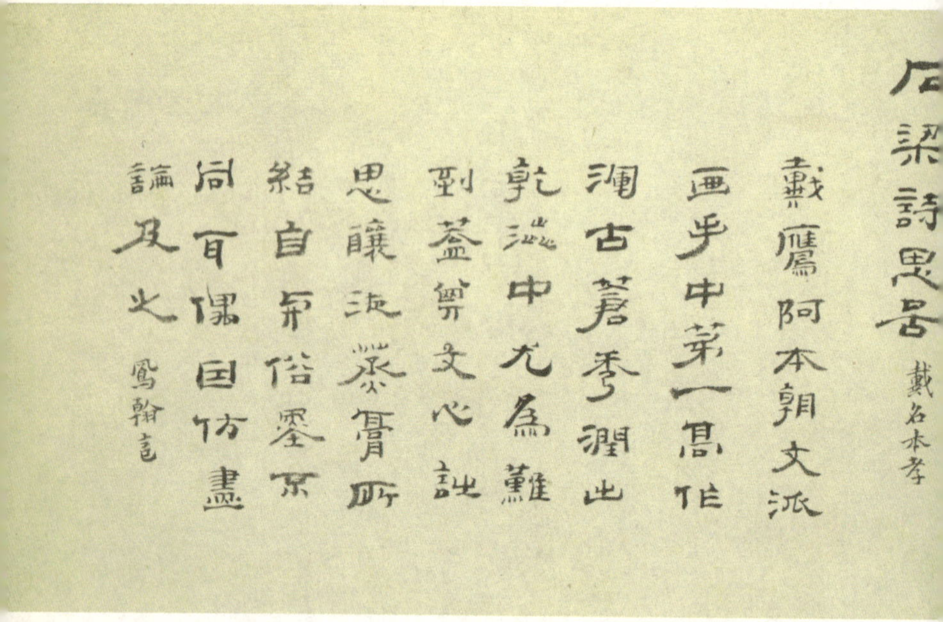
石渠詩思圖
戴名本孝
戴鷹阿本朝文派
畫手中第一品作
渾古蒼秀潤出
乾溼中尤為難
到蓋與文心詣
思釀浹淡骨所
結自無俗墨余
同有偶因仿畫
論及之
鳳翰記

小重山

春到长门春草青，江梅些子[1]破，未开匀。碧云笼碾玉成尘。留晓梦[2]，惊破一瓯云[3]。

花影压[4]重门。疏帘[5]铺淡月，好黄昏。二年三度[6]负东君，归来也，着意[7]过今春。

1 些子：一些，少许。
2 留晓梦：留恋和陶醉在拂晓时分做的好梦中。
3 云：又作春。
4 压：形容花影层层叠叠。
5 疏帘：用细竹条编制的透光帘子。
6 二年三度：指第一年的春天到第三年的初春，就时间是两年或两年多，就逢春次数则是三次。
7 着意：用心的意思。

七娘子

以毛滂《七娘子》(舟中早秋）为正体，双调，六十字，上下阕各五句，四仄韵。而李清照《七娘子》(清香浮动到黄昏）为变体，双调，六十一字，上下阕各六句，三仄韵。

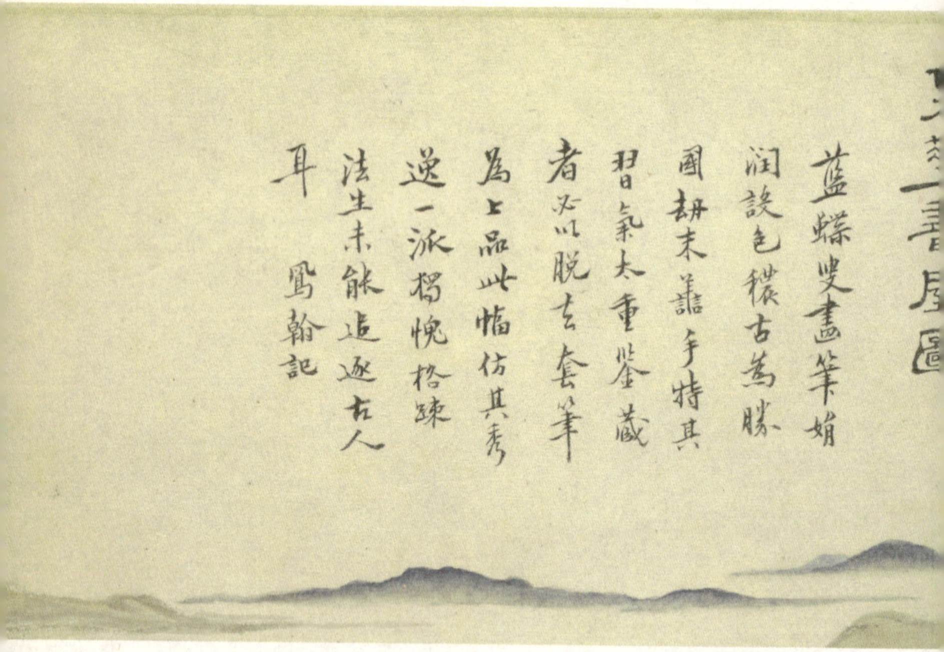
藍蝶叟畫筆娟
潤設色穠古為勝
國朝末葉諸手特其
習氣太重鑒藏
者必以脫去套筆
為上品此幅仿其秀
逸一派獨悅格踈
法生未能追逐古人
耳 鶚翰記

七娘子

清香浮动到黄昏，向水边、疏影梅开尽。溪畔轻蕊，有如浅杏，一枝喜得东君[1]信。

风吹只怕霜侵损，更欲折来、插向多情鬓。寿阳妆面，雪肌玉莹。岭头别后微添粉。

1　东君：春神。

一剪梅

《词谱》云："周邦彦词起句有'一剪梅花万样娇'句，取以为名。"双调，六十字，上下阕各六句，三平韵。另有其他变体。

一剪梅

红藕香残玉簟[1]秋，轻解罗裳，独上兰舟。云中谁寄锦书来？雁字回时，月满西楼。

花自飘零[2]水自流，一种相思，两处闲愁[3]。此情无计[4]可消除，才下眉头，却上心头。

1　玉簟（diàn）：光滑如玉的竹席。

2　飘零：凋谢，凋零。

3　闲愁：无缘无故的忧愁。

4　无计：没有办法。

临江仙

原为唐代教坊曲，后为词牌名。双调，六十字，上下阕各五句，三平韵。此调音节和谐舒缓，轻松愉悦，多为艳情之声。另有其他变体。

倣李長蘅
筆意
山壽

临江仙

欧阳公作《蝶恋花》，有“深深深几许[1]”之语，予酷爱之。用其语作“庭院深深”数阕，其声即《临江仙》也。

庭院深深深几许？云窗雾阁常扃[2]。柳梢梅萼渐分明。春归秣陵树，人老建康[3]城。

感月吟风[4]多少事，如今老去无成。谁怜憔悴更凋零[5]。试灯无意思，踏雪没心情。

1 几许：多少。

2 扃（jiōng）：门环、门闩等。此处指门窗关闭。

3 建康：又作建安。

4 感月吟风：即“吟风弄月”，指以风月等自然景物为题材写诗填词，形容心情悠闲自在。

5 凋零：形容事物衰败。

临江仙

庭院深深深几许？云窗雾阁春迟。为谁憔悴损芳姿？夜来清梦好，应是发南枝[1]。

玉瘦檀轻[2]无限恨，南楼羌管休吹。浓香吹尽有谁知？暖风迟日[3]也，别到杏花肥[4]。

1 南枝：向南，亦即朝阳的梅枝。

2 玉瘦檀轻：指梅花姿态清瘦，颜色浅红。

3 迟日：漫长的春日。

4 杏花肥：这里指杏花盛开。

浪淘沙

原为唐教坊曲，后为词牌名。刘禹锡、白居易首创乐府歌辞《浪淘沙》，作七言绝句体。双调，五十四字，上下阕各五句，四平韵。此词以迫促的调势、繁密的韵位，凸显出浓郁的感伤色彩。另有多种变体。

癸卯春王畫似
奇翁先生正 樊圻

浪淘沙

帘外五更风，吹梦无踪。画楼[1]重上与谁同？记得玉钗斜拨火[2]，宝篆[3]成空。

回首紫金峰，雨润烟浓[4]。一江春浪醉醒中。留得罗襟前日泪，弹[5]与征鸿[6]。

1 画楼：华丽的楼阁。
2 拨火：因为篆香燃过后成香灰，必须拨除香灰避免断了火路。
3 宝篆（zhuàn）：即篆香。
4 雨润烟浓：指水蒸气腾腾，雾气浓郁。
5 弹：挥洒。
6 征鸿：远去的大雁。

转调满庭芳

双调，九十五字，上下阕各十句，四平韵。本以晏几道《满庭芳》（南苑吹花）为正体。转调，转换宫调，自成新声。

转调满庭芳

芳草池塘，绿阴庭院，晚晴寒透窗纱。玉钩金锁，管是[1]客来唦[2]。寂寞尊前席上，春归去海角天涯。能留否？酴醿[3]落尽，犹赖有梨花。

当年曾胜赏，生香熏袖，活火分茶。尽如龙骄马，流水轻车。不怕风狂雨骤，恰才称、煮酒笺花。如今也，不成怀抱，得似旧时那[4]？

1 管是：准是，定是。

2 唦（shā）：此字字书不载，宋人词中用之，依所押之韵，应读shā音。

3 酴醿（tú mí）：或作“荼蘼”，这里指花名。

4 得似那：哪得似。

渔家傲

以晏殊《渔家傲》(画鼓声中昏又晓)为正体，双调，六十二字，上下阕各五句，五仄韵。另有其他变体。

渔家傲

天接云涛连晓雾，星河欲转千帆舞。仿佛梦魂归帝所，闻天语，殷勤[1]问我归何处？

我报路长嗟[2]日暮，学诗漫有[3]惊人句。九万里风鹏正举。风休住，蓬舟吹取三山去。

1 殷勤：关切地，热情地。

2 嗟（jiē）：慨叹。

3 漫有：空有。

渔家傲

雪里已知春信[1]至，寒梅点缀琼枝[2]腻[3]。香脸[4]半开娇旖旎，当庭际，玉人[5]浴出新妆洗。

造化[6]可能偏有意，故教明月玲珑地。共赏金尊沉绿蚁[7]，莫辞醉，此花不与群花比。

1 春信：春天的消息。

2 琼枝：梅花花枝雪白如玉。

3 腻：形容清瘦的梅枝着雪后变得润骨如脂。

4 香脸：脸颊上有脂粉味的意思。这里指梅花半开。

5 玉人：美人。代指梅花。

6 造化：天地，大自然。

7 绿蚁：古代黄酒温热时上面浮有绿色泡沫，形似蚂蚁。此处指代酒。

青玉案

汉张衡《四愁诗》有“美人赠我锦绣段，何以报之青玉案”之句，因取作调名。双调，六十七字，上下阕各六句，五仄韵。另有其他变体。

青玉案·用黄山谷韵

征鞍[1]不见邯郸路[2]，莫便匆匆归去。秋风萧条何以度？明窗小酌，暗灯清话，最好留连处。

相逢各自伤迟暮，犹把新诗诵奇句。盐絮家风人所许。如今憔悴，但余双泪，一似黄梅雨。

1 征鞍：指旅行者骑的马。
2 邯郸路：古人常比喻求取功名的道路，亦指仕途。

青玉案

一年春事都来几，早过了三之二。绿暗红嫣浑可事[1]。绿杨庭院，暖风帘幕，有个人憔悴。

买花载酒长安[2]市，又争似[3]、家山[4]见桃李。不枉[5]东风吹客泪。相思难表，梦魂无据，惟有归来是。

1 可事：还是小事。
2 长安：指开封汴梁。
3 争似：怎像。
4 家山：家乡的山。指故乡。
5 不枉：不要冤枉、不怪。又作“不住”。

多丽

又名《绿头鸭》《陇头泉》。双调，一百三十九字，上阕十四句，六平韵；下阕十二句，五平韵。另有其他变体。

多丽·咏白菊

小楼寒，夜长帘幕低垂。恨萧萧[1]无情风雨，夜来揉损琼肌。也不似贵妃醉脸，也不似孙寿愁眉。韩令偷香，徐娘傅粉，莫将比拟未新奇。细看取[2]、屈平陶令，风韵正相宜。微风起，清芬酝藉，不减酴醾[3]。

渐秋阑[4]、雪清玉瘦[5]，向人无限依依。似愁凝汉皋解佩，似泪洒纨扇[6]题诗。明月清风，浓烟暗雨，天教憔悴度芳姿。纵爱惜、不知从此，留得几多时。人情好，何须更忆，泽畔东篱[7]。

1　萧萧：疾厉的风雨声。
2　看取：看着。取，语助词。
3　酴醾：又作“荼蘼”。
4　秋阑：秋深。
5　玉瘦：状纤秀可爱而又纤弱可怜。
6　纨（wán）扇：细绢制成的团扇。这里指班婕妤写《团扇歌》。
7　泽畔东篱：指屈原、陶渊明赏菊之事。

新荷叶

又名《折新荷》《折新荷引》《泛兰舟》。双调，八十四字，上阕八句，四平韵；下阕八句，五平韵。另有其他变体。

新荷叶

薄露初零，长宵共永昼分停[1]。绕水楼台，高耸万丈蓬瀛。芝兰[2]为寿，相辉映簪笏[3]盈庭。花柔玉净，捧觞别有娉婷。

鹤瘦松青[4]，精神与秋月争明。德行文章，素驰日下[5]声名。东山高蹈，虽卿相不足为荣。安石须起，要苏天下苍生。

1 分停：平分。
2 芝兰：香草，喻指佳子弟。
3 簪笏：官吏所用的冠簪和手板，这里指代高官。
4 鹤瘦松青：鹤鸟寿长谓之仙鹤，松柏常年青翠，故合用为祝寿之辞。
5 日下：指京都。

凤凰台上忆吹箫

又名《忆吹箫》。双调，九十五字，上阕十句，四平韵；下阕十一句，五平韵。此调音节谐婉，宜于抒发哀婉缠绵的情绪。另有其他变体。

凤凰台上忆吹箫

香冷金猊[1]，被翻红浪，起来慵自梳头。任宝奁[2]尘满，日上帘钩。生怕离怀别苦，多少事、欲说还休。新来瘦，非干[3]病酒，不是悲秋。

休休！这回去也，千万遍阳关，也则[4]难留。念武陵人远，烟锁秦楼。惟有楼前流水，应念我、终日凝眸[5]。凝眸处，从今又添，一段新愁。

1 金猊（ní）：狻猊形铜香炉。
2 宝奁（lián）：华贵的梳妆镜匣。
3 干：关涉。
4 也则：也只是。又作“也即”。
5 眸（móu）：眼珠。

蝶恋花

原为唐教坊曲，后为词牌名。以冯延巳《蝶恋花》（六曲阑干偎碧树）（一作晏殊词）为正体，双调，六十字，上下阕各五句，四仄韵。另有其他变体。

蝶恋花·昌乐馆寄姊妹

泪湿罗衣脂粉满。四叠阳关，唱到千千遍。人道山长山又断，潇潇微雨闻孤馆[1]。

惜别伤离方寸[2]乱。忘了临行，酒盏深和浅。好把音书凭过雁，东莱不似蓬莱远。

1 孤馆：孤独寂寞的旅馆。

2 方寸：即“方寸地”，指人的心。

蝶恋花

暖雨晴风初破冻，柳眼[1]梅腮，已觉春心动。酒意诗情谁与共？泪融残粉花钿[2]重。

乍试夹衫金缕缝[3]，山枕[4]斜欹[5]，枕损钗头凤。独抱浓愁无好梦，夜阑[6]犹剪灯花弄。

1 柳眼：初生柳叶，细长如眼，故谓“柳眼”。

2 花钿（diàn）：用金翠珠宝等制成的花朵形首饰。

3 金缕缝：用金线缝。

4 山枕：即檀枕。

5 欹（qī）：靠着。

6 夜阑：夜深。

蝶恋花·上巳召亲族

永夜[1]恹恹欢意少，空[2]梦长安，认取[3]长安道。为报[4]今年春色好，花光月影宜相照。

随意杯盘虽草草，酒美梅酸[5]，恰称人怀抱[6]。醉莫插花花莫笑，可怜春似人将老。

1 永夜：长夜。
2 空：徒然。
3 认取：记得，熟悉。
4 报：告知。
5 梅酸：代指菜肴可口。“梅”是古代所必需的调味品。
6 怀抱：心意。

行香子

又名《爇心香》《读书引》。双调，六十六字，上阕八句，五平韵；下阕八句，三平韵。另有其他变体。

行香子

草际鸣蛩[1]，惊落梧桐，正人间天上愁浓。云阶月地[2]，关锁千重。纵浮槎[3]来，浮槎去，不相逢。

星桥鹊驾，经年才见，想离情别恨难穷。牵牛织女，莫是离中？甚霎儿晴，霎儿[4]雨，霎儿风。

1 蛩（qióng）：蟋蟀。

2 云阶月地：指天宫。

3 浮槎（chá）：指往来于海上和天河之间的木筏。

4 霎（shà）儿：一会儿。

念奴娇

又名《大江东去》《酹江月》《湘月》《白雪词》《壶中天》《太平欢》《杏花天》《百字令》等。双调，一百字，上下阕各十句，四仄韵。另有其他变体。

念奴娇

萧条庭院，又斜风细雨，重门须闭。宠柳娇花寒食近，种种恼人天气。险韵诗成，扶头酒[1]醒，别是闲滋味。征鸿过尽，万千心事难寄。

楼上几日春寒，帘垂四面，玉阑干[2]慵倚。被冷香消[3]新梦觉，不许愁人不起。清露晨流，新桐初引[4]，多少游春意。日高烟敛，更看今日晴未？

1 扶头酒：能让人精神振作的好酒，饮多则易醉。一说“扶头”为酒名。

2 玉阑干：白石栏杆。

3 香消：香炉中的香已烧尽。

4 初引：叶初长。

南阜

声声慢

现存最早为北宋晁补之词，多为入声，有平韵、仄韵两体。仄韵体，以李清照《声声慢》（寻寻觅觅）最为有名。双调，九十七字，上下阕各五仄韵。另有其他变体。

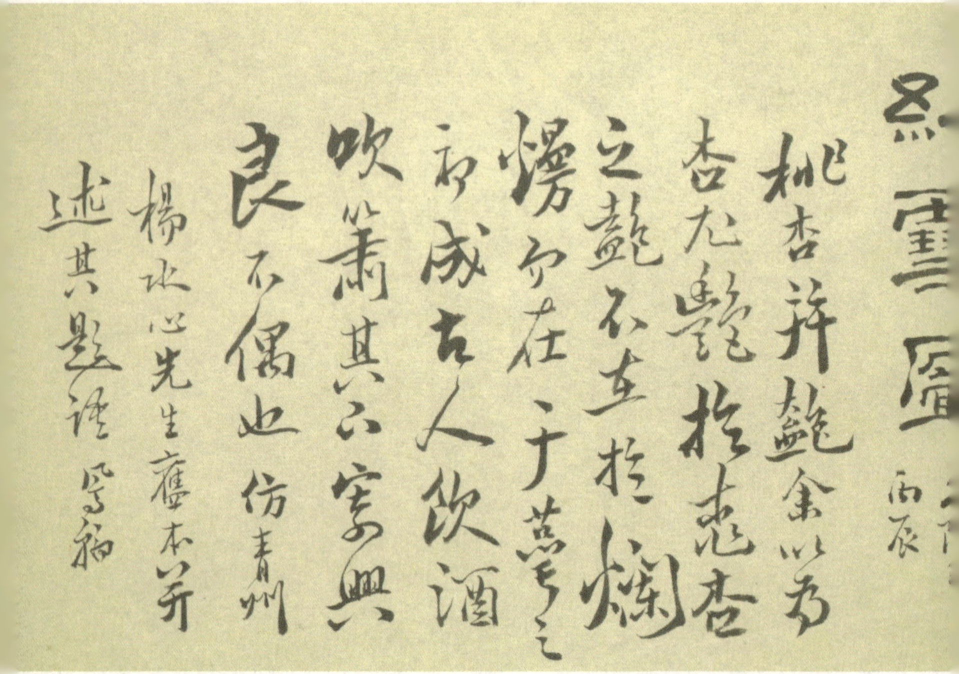
爲雲屋 丙辰
桃杏許艷余以為
杏尤艷於桃杏
之艷不在於爛
熳而在于蕭蕭之
初成古人飲酒
吹簫其亦寓興
良不偶也 仿青州
楊冰心先生舊本并
述其題語 學稻

声声慢

寻寻觅觅[1]，冷冷清清，凄凄惨惨戚戚[2]。乍暖还寒[3]时候，最难将息[4]。三杯两盏淡酒，怎敌他、晚来风急？雁过也，正伤心，却是旧时相识。

满地黄花堆积。憔悴损，如今有谁堪摘？守着窗儿，独自怎生[5]得黑？梧桐更兼细雨，到黄昏、点点滴滴。这次第，怎一个愁字了得！

1 寻寻觅觅：意谓想把失去的一切都找回来，表现非常空虚怅惘、迷茫失落的神情。

2 凄凄惨惨戚戚：悲愁、哀伤的样子。

3 乍暖还（huán）寒：指秋天的天气，忽暖忽冷，变化无常。

4 将息：休息、休养。

5 怎生：怎样，“生”为语助词。

庆清朝

又名《庆清朝慢》《清朝慢》。双调，九十八字，上阕十句，四平韵；下阕十一句，四平韵。另有其他变体。

庆清朝

禁幄低张[1]，雕阑[2]巧护，就中独占残春。客华淡伫，绰约[3]俱见天真。待得群花过后，一番风露晓妆新。妖娆艳态，妒风笑月，长殢[4]东君。

东城边，南陌上，正日烘池馆，竞走香轮。绮筵[5]散日，谁人可继芳尘？更好明光宫殿[6]，几枝先近日边[7]匀。金尊倒，拚了尽烛，不管黄昏。

1 禁幄低张：指护花的帷幕低垂。
2 雕阑：红色的栏杆。雕，又作“彤”。阑，同“栏”。
3 绰约：姿态柔美。
4 殢（tì）：滞留。
5 绮筵（yán）：豪华而丰盛的酒席。
6 殿：里。
7 日边：太阳的旁边。这里比喻在皇帝身边。

满庭芳

双调，九十五字，上下阕各十句，四平韵。此调音节和谐舒缓，宜于表达温柔缠绵的情感。另有其他变体。

满庭芳·残梅

小阁藏春，闲窗锁昼，画堂无限深幽。篆香[1]烧尽，日影下帘钩。手种江梅渐好，又何必、临水登楼。无人到，寂寥恰似[2]，何逊在扬州。

从来知韵胜[3]，难堪雨藉[4]，不耐风揉。更谁家横笛，吹动浓愁？莫恨香消雪减，须信道、扫迹情留。难言处，良宵淡月，疏影尚风流。

1 篆香：篆刻了时辰的香，可以计时。

2 恰似：完全像。又作“浑似”。

3 韵胜：优雅美好。

4 难堪雨藉：难以承受雨打。

孤雁儿

又名《御街行》。双调，七十八字，上下阕各七句，四仄韵。另有其他变体。

孤雁儿

世人作梅词，下笔便俗。予试作一篇，乃知前言不妄耳。

藤床纸帐[1]朝眠起，说不尽无佳思[2]。沉香断续玉炉寒，伴我情怀如水。笛里三弄，梅心惊破[3]，多少春情意[4]。

小风疏雨萧萧地[5]，又催下千行泪。吹箫人去玉楼空，肠断[6]与谁同倚？一枝折得，人间天上，没个人堪寄。

1 纸帐：茧纸做的帐子。
2 佳思：好心情。
3 梅心惊破：指梅花闻笛而被惊得绽放露蕊。
4 春情意：喻指当年夫妻情深。春情，又作“春恨”。
5 潇潇地：淅淅沥沥。地，语助词。潇潇，又作“萧萧”。
6 肠断：哀伤悲痛到极点。

九月畫
涼僧舍

永遇乐

又名《消息》。一百零四字，上下阕各十一句，四仄韵。此词，调势回环往复，适宜表达丰富的情感。另有其他变体。

永遇乐

落日熔金，暮云合璧，人在何处？染柳烟浓，吹梅笛怨，春意知几许？元宵佳节，融和天气，次第[1]岂无风雨？来相召、香车宝马，谢他酒朋诗侣。

中州盛日，闺门多暇，记得偏重三五[2]。铺翠冠儿，捻金雪柳，簇带[3]争济楚[4]。如今憔悴，风鬟霜鬓[5]，怕见夜间出去。不如向、帘儿底下，听人笑语。

1 次第：转眼之间。
2 三五：十五日。此处指元宵节。
3 簇带：聚集戴着，指满头插戴首饰。
4 济楚：美丽、端整、漂亮。
5 风鬟霜鬓：头发蓬松散乱，鬓发已白。

殢人娇

以晏殊《殢人娇》（二月春风）为正体，双调，六十四字，上下阕各六句，四仄韵。另有其他变体。

殢人娇·后庭梅花开有感

玉瘦香浓，檀深雪散，今年恨[1]、探[2]梅又晚。江楼楚馆。云间水远[3]。清昼永、凭栏翠帘低卷。

坐上客来，尊中酒满，歌声共、水流云断。南枝可插，更须频剪，莫直待西楼数声羌管。

1　恨：遗憾。

2　探：观察。

3　云间水远：形容路途遥远。云间，又作“云闲”。

长寿乐

双调，一百一十三字，上下阕各十二句，五仄韵。另有其他变体。

长寿乐·南昌生日

微寒应候，望日边，六叶阶蓂初秀。爱景[1]欲挂扶桑，漏残银箭[2]，杓回摇斗[3]。庆高闳[4]此际，掌上一颗明珠剖[5]。有令容淑质，归[6]逢佳偶[7]。到如今，昼锦满堂贵胄。

荣耀，文步紫禁，一一金章绿绶。更值棠棣[8]连阴，虎符熊轼，夹河分守。况青云[9]咫尺，朝暮[10]重入承明后。看彩衣争献，兰羞玉酎[11]。祝千龄，借指松椿比寿[12]。

1 爱景：冬天的太阳。
2 漏残银箭：指天将向晓。
3 杓（biāo）回摇斗：预示春天来到。
4 高闳：高门，显赫的门庭。
5 剖：孩子出生。
6 归：出嫁。
7 佳偶：女子的配偶，指南昌夫人之夫韩治。
8 棠棣：指兄弟。
9 青云：指高位。
10 朝暮：早晚，形容时间短。
11 玉酎：美酒。
12 松椿比寿：祝寿之辞。

失调名

失调名，是指未注明原词调，原词已佚失，一首词只剩余一两句。

失调名

条脱[1]闲揎[2]系五丝。

1 条脱：古代环绕在双臂上的螺旋形臂饰。

2 揎：捋袖子露出手臂。

失调名

瑞脑烟残，沉香火冷。[1]

1 这句词是李清照写的与沉香相关的一首词，调名已失。

存疑词作

生查子

原为唐教坊曲，后为词牌名。双调，四十字，上下阕各四句，两仄韵。此调音节整饬，平仄多拗，宜于抒发抑郁哀婉之情。

生查子

年年玉镜台[1]，梅蕊宫妆[2]困。今岁未还家，怕见江南信[3]。

酒从别后疏，泪向愁中尽。遥想楚云[4]深，人远天涯近。

1 镜台：古代女子带有镜子的梳妆台，指定情信物。

2 梅蕊宫妆：喻指女子华美妆饰，或喻梅花。

3 江南信：比喻对朋友的思念之情。

4 楚云：楚地云天，泛指江南。

浣溪沙

原为唐教坊曲，后为词牌名，最早采用此调的为唐人韩偓。宋人所填《浣溪沙》多为双调，四十二字，上阕三句，三平韵；下阕三句，两平韵，过片两句多用对仗。另有其他变体。

浣溪沙

楼上晴天碧四垂[1]，楼前芳草接天涯。劝君莫上最高梯[2]。

新笋已成堂下竹，落花都上燕巢泥。忍听林表[3]杜鹃啼。

1 碧四垂：四面青天与远处绿野相接，自高而下，同一碧色。

2 高梯：高楼。暗指登高易动乡情。

3 林表：林外。

丑奴儿

双调小令，四十四字，上下阕各四句，三平韵。别有《添字丑奴儿》，或名《添字采桑子》，双调，四十八字，两结句各添二字，两平韵，一叠韵。

丑奴儿·夏意

晚来一阵风兼雨，洗尽炎光。理罢笙簧，却对菱花[1]淡淡妆。

绛绡缕薄冰肌莹，雪腻酥香。笑语檀郎[2]，今夜纱厨枕簟凉。

1 菱花：指古代铜镜中一种花式外形的镜，或镜背刻有菱形花纹的镜。

2 檀郎：是西晋的潘岳，即潘安，小名檀奴，人称檀郎。这里是古代女子对丈夫的美称。

浪淘沙

原为唐教坊曲，后为词牌名。刘禹锡、白居易首创乐府歌辞《浪淘沙》，作七言绝句体。双调，五十四字，上下阕各五句，四平韵。此词以迫促的调势、繁密的韵位，凸显出浓郁的感伤色彩。另有多种变体。

浪淘沙

素约[1]小腰身，不奈伤春。疏梅影下晚妆新。袅袅婷婷何样似[2]？一缕轻云。

歌巧动朱唇，字字娇嗔。桃花深径一通津。怅望瑶台[3]清夜月，还照归轮。

1 素约：形容女子腰肢细柔，宛如一束绢帛。

2 何样似：似什么样子。

3 瑶台：美玉砌成的楼台，传说中神仙居住的地方。

鹧鸪天

双调，五十五字，上阕四句，三平韵；下阕五句，三平韵。此词纯系两首七言绝句稍加变化而来，除下阕换头将第一句破作三字两句，在平仄句法上同七绝非常相似。

秋岩觀瀑圖

向客金陵于市攤上收得龔半千畫冊筆皴乾蒼而嫣潤特過常染于中尤所賞心者此幅元本也後為一好友取去至今猶時時念之

二月十日鳳翰記

鹧鸪天

枝上流莺和泪闻，新啼痕间旧啼痕[1]。一春鱼鸟无消息[2]，千里关山劳梦魂。

无一语，对芳尊[3]。安排[4]肠断到黄昏。甫能[5]炙得灯儿了，雨打梨花深闭门。

1 啼痕：泪痕。
2 消息：音信，信息。鱼鸟，又作“鱼雁”。
3 芳尊：精致的酒器。
4 安排：听任摆布。
5 甫能：刚才的意思。

品令

又名《品字令》《思越人》《海月谣》。双调，六十四字，上阕七句，三仄韵；下阕七句，四仄韵。另有其他变体。

品令

零落残红，恰浑似、胭脂色。一年春事，柳飞轻絮，笋添新竹。寂寞幽闺，坐对小园嫩绿。

登临未足，怅游子、归期促。他年魂梦，千里犹到，城阴溪曲。应有凌波，时为故人留目。

瑞鹧鸪

双调，五十六字，上阕四句，三平韵；下阕四句，两平韵。另有其他变体。

仙人何處所藐姑射之仙竹逕原深邃
花叢任往還千芊當雪勁一色殿春
殿富貴非仙物盈盈贈答間
二如居人筆

瑞鹧鸪·双银杏

风韵雍容未甚都[1]，尊前甘橘可为奴。谁怜流落江湖上，玉骨冰肌[2]未肯枯。

谁教并蒂连枝摘，醉后明皇倚太真[3]。居士擘开真有意，要吟风味两家新。

1 都：姣好，美盛。

2 玉骨冰肌：形容清澈高洁。

3 太真：指杨玉环。此句意思是双银杏并蒂相连，犹如唐明皇和杨贵妃倚倚靠靠亲密无间。

词论

词论

乐府声诗并著，最盛于唐。开元、天宝间，有李八郎[1]者，能歌擅天下。时新及第进士开宴曲江，榜中一名士先召李，使易服，隐姓名，衣冠故敝，精神惨沮，与同之宴所，曰："表弟愿与座末。"众皆不顾。既酒行，乐作，歌者进，时曹元谦、念奴为冠，歌罢，众皆咨嗟称赏。名士忽指李曰："请表弟歌。"众皆哂，或有怒者。及转喉发声，歌一曲，众皆泣下，罗拜曰："此李八郎也。"自后郑、卫之声日炽，流糜之变日烦。已有《菩萨蛮》《春光好》《莎鸡子》《更漏子》《浣溪沙》《梦江南》《渔父》等词，不可遍举。五代干戈，四海瓜分豆剖，斯文道息。独江南李氏君臣[2]尚文雅，故有"小楼吹彻玉笙寒[3]""吹皱一池春水[4]"之词。语虽甚奇，所谓"亡国之音哀以思"也。

逮至本朝，礼乐文武大备。又涵养百余年，始有柳屯田永者，变旧声，作新声，出《乐章集》，大得声称于世；虽协音律，而词语尘下。又有张子野[5]、宋子京兄弟[6]，沈唐、元绛、晁次膺[7]辈继出，虽时时有妙语，而破碎何足名家。至

1 李八郎：李衮。

2 李氏君臣：李璟、李煜、冯延巳。

3 小楼吹彻玉笙寒：李璟《山花子》(菡萏香销翠叶残)。

4 吹皱一池春水：冯延巳《谒金门》(风乍起)。

5 张子野：张先。

6 宋子京兄弟：宋郊、宋祁。

7 晁次膺：晁端礼。

晏元献[1]、欧阳永叔[2]、苏子瞻[3]，学际天人，作为小歌词，直如酌蠡水于大海，然皆句读不葺之诗尔，又往往不协音律。何耶？盖诗文分平侧，而歌词分五音，又分五声，又分六律，又分清浊轻重。且如近世所谓《声声慢》《雨中花》《喜迁莺》，既押平声韵，又押入声韵；《玉楼春》本押平声韵，又押上去声韵，又押入声。本押仄声韵，如押上声则协；如押入声，则不可歌矣。王介甫[4]、曾子固[5]，文章似西汉，若作一小歌词，则人必绝倒，不可读也。乃知别是一家，知之者少。后晏叔原[6]、贺方回[7]、秦少游[8]、黄鲁直[9]出，始能知之。又晏苦无铺叙，贺苦少重典。秦即专主情致，而少故实。譬如贫家美女，虽极妍丽丰逸，而终乏富贵态。黄即尚故实，而多疵病，譬如良玉有瑕，价自减半矣。

1 晏元献：晏殊。
2 欧阳永叔：欧阳修。
3 苏子瞻：苏轼。
4 王介甫：王安石。
5 曾子固：曾巩。
6 晏叔原：晏几道。
7 贺方回：贺铸。
8 秦少游：秦观。
9 黄鲁直：黄庭坚。

《金石录》后序

羅浮儂

西湖庾嶺
外此又見
仙姿山意
衝寒峭詩
情結夢遲
一輪留月
伴數點逗
霍宜入世
非無用和
羹待後期

蘭溪

《金石录》后序[1]

右[2]《金石录》三十卷者何？赵侯德父[3]所著书也。取上自三代[4]，下迄五季[5]，钟、鼎、甗、鬲、盘、匜、尊、敦之款识，丰碑、大碣，显人、晦士[6]之事迹，凡见于金石刻者二千卷，皆是正[7]讹谬，去取褒贬，上足以合圣人之道，下足以订史氏之失者，皆载之，可谓多矣。

呜呼！自王播[8]、元载[9]之祸，书画与胡椒无异；长舆、元凯之病，钱癖与传癖何殊。名虽不同，其惑一也。

余建中辛巳，始归[10]赵氏。时先君[11]作礼部员外郎，丞相[12]时作吏部侍郎。侯年二十一，在太学[13]作学生。赵、李族寒，

1 李清照为其夫赵明诚所著《金石录》一书所写的后序。当作于绍兴四年。

2 右：以上。后序在书末故曰右。

3 赵侯德父：唐时以州、府长官称侯，赵明诚曾任莱州、淄州、建康府及湖州长官。德父，赵明诚之字。

4 三代：夏、商、周三朝。

5 五季：即五代后梁、后唐、后晋、后汉、后周。

6 晦士：犹隐士。

7 是正：订正。

8 王播：唐文宗时人。李清照笔误，应是王涯。王涯，字广律，唐文宗时人，酷爱收藏。

9 元载：唐代宗时宰相，为官贪横，好聚敛。后获罪赐死抄没其家产时，仅胡椒即有八百石。

10 归：嫁。

11 先君：指父亲李格非。

12 丞相：指赵明诚父，赵挺之。

13 太学：古代国家的最高学府。

素贫俭。每朔望[1]谒告[2]出，质[3]衣取半千钱，步入相国寺，市[4]碑文果实归，相对展玩咀嚼，自谓葛天氏[5]之民也。后二年，出仕宦，便有饭蔬衣练[6]穷遐方绝域[7]，尽天下古文奇字之志。日就月将[8]，渐益堆积。丞相居政府，亲旧或在馆阁[9]，多有亡诗、逸史[10]，鲁壁、汲冢所未见之书，遂尽力传写，浸[11]觉有味，不能自已。后或见古今名人书画，三代奇器，亦复脱衣市易。尝记崇宁[12]间，有人持徐熙[13]牡丹图，求钱二十万。当时虽贵家子弟，求二十万钱，岂易得耶！留信宿[14]，计无所出而还之。夫妇相向惋怅者数日。

后屏居[15]乡里十年，仰取俯拾[16]，衣食有余。连守两郡，竭其俸入以事铅椠[17]。每获一书，即同共勘校，整集签题；得

1 朔望：阴历每月之初一为朔日，十五日为望日。
2 谒（yè）告：请假。
3 质：典当。
4 市：购买。
5 葛天氏：传说中远古时代的部落及帝王名，其时民风淳朴，安居乐业。
6 饭蔬衣练：吃穿简单随意。
7 遐（xiá）方绝域：偏远荒僻之地。
8 日就月将：日积月累。
9 馆阁：掌管国家图书、编修国史的机构。
10 亡诗逸史：泛指散失的历史文化资料。
11 浸：渐渐。
12 崇宁：宋徽宗年号（1102—1106）。
13 徐熙：五代时南唐著名画家。
14 信宿：两夜。
15 屏（bǐng）居：退职闲居。赵挺之罢相后不久死去，亲旧多遭迫害。赵明诚去官后携李清照回到青州故里。
16 仰取俯拾：指多方谋求衣食。
17 铅椠（qiàn）：书写用具，这里指校勘、刻写。

书、画、彝、鼎，亦摩玩舒卷[1]，指摘疵病，夜尽一烛为率[2]。故能纸札精致，字画完整，冠诸收书家。余性偶强记，每饭罢，坐归来堂[3]，烹茶，指堆积书史，言某事在某书某卷第几叶[4]第几行，以中否角[5]胜负，为饮茶先后。中即举杯大笑，至茶倾覆怀中，反不得饮而起。甘心老是乡矣！故虽处忧患困穷而志不屈。收书既成，归来堂起书库大橱，簿甲乙[6]，置书册。如要讲读，即请钥[7]上簿，关出[8]卷帙。或少损污，必惩责揩完涂改，不复向时之坦夷[9]也。是欲求适意而反取憀慄[10]。余性不耐[11]，始谋食去重肉[12]，衣去重采[13]，首无明珠翡翠之饰，室无涂金刺绣之具。遇书史百家，字不刓缺[14]、本不讹谬者，辄市之，储作副本。自来家传《周易》《左氏传》，故两家者流，文字最备。于是几案罗列，枕席枕藉[15]，意会心谋，

1 摩玩舒卷：反复观赏，爱不释手。
2 率（lǜ）：限度，标准。
3 归来堂：赵、李二人退居青州时的书房名，取陶渊明《归去来辞》意。
4 叶：同“页”。
5 角（jué）：较量。
6 簿甲乙：排定次序，在簿册上登记。
7 请钥：取钥匙。
8 关出：领取。
9 坦夷：随意无所谓的样子。
10 憀慄（liáo lì）：不安貌。
11 不耐：无能，缺乏持家的本事。
12 重肉：两样荤菜。
13 重采：两件绸衣。
14 刓（wán）缺：磨损，缺落。
15 枕藉：堆积。

目往神授[1]，乐在声色狗马[2]之上。

至靖康丙午岁[3]，侯守淄川。闻金人犯京师，四顾茫然，盈箱溢箧[4]，且恋恋，且怅怅，知其必不为己物矣！建炎丁未[5]春三月，奔太夫人[6]丧南来，既长物[7]不能尽载，乃先去书之重大印本者，又去画之多幅者，又去古器之无款识者；后又去书之监本[8]者，画之平常者，器之重大者。凡屡减去，尚载书十五车。至东海，连舻渡淮，又渡江，至建康。青州故第，尚锁书册什物，用屋十余间，期明年春再舟载之。十二月，金人陷青州，凡所谓十余屋者，已皆为煨烬[9]矣。

建炎戊申秋九月，侯起复[10]，知建康府。己酉春三月罢，具舟上芜湖，入姑孰[11]，将卜居赣水上。夏五月，至池阳，被旨知湖州，过阙上殿[12]，遂驻家池阳，独赴召。六月十三日，始负担舍舟，坐岸上，葛衣岸巾[13]，精神如虎，目光烂烂射

1 神授：全神贯注。
2 声色狗马：指富贵子弟喜好的歌儿舞女、斗鸡走狗之娱。
3 靖康丙午岁：宋钦宗靖康元年（1126）。
4 箧（qiè）：小箱子。
5 建炎丁未：宋高宗建炎元年（1127）。
6 太夫人：指赵明诚之母。
7 长（zhàng）物：多余之物。
8 监本：国子监刻印的版本。
9 煨（wēi）烬：灰烬。
10 起复：居丧未满期而被任用。
11 姑孰：今安徽当涂。
12 过阙上殿：指朝见皇帝。
13 葛衣岸巾：穿葛布衣，戴露额头巾。

人，望舟中告别。余意甚恶[1]，呼曰："如传闻城中缓急[2]，奈何？"戟手[3]遥应曰："从众。必不得已，先弃辎重，次衣被，次书册卷轴，次古器，独所谓宗器者，可自负抱，与身俱存亡，勿忘也。"遂驰马去。途中奔驰，冒大暑，感疾。至行在[4]，病痁[5]。七月末，书报卧病。余惊怛，念侯性素急，奈何病痁？或热，必服寒药，疾可忧。遂解舟下，一日夜行三百里。比至，果大服柴胡、黄芩药，疟且痢，病危在膏肓。余悲泣，仓皇不忍问后事。八月十八日，遂不起。取笔作诗，绝笔而终，殊无分香卖屦[6]之意。葬毕，余无所之。朝廷已分遣六宫[7]，又传江当禁渡。时犹有书二万卷，金石刻二千卷，器皿茵褥[8]，可待百客，他长物称是[9]。余又大病，仅存喘息。事势日迫，念侯有妹婿任兵部侍郎，从卫在洪州，遂遣二故吏先部送[10]行李往投之。冬十二月，金寇陷洪州，遂尽委弃。所谓连舻渡江之书，又散为云烟矣。独余少轻小卷轴书帖，写本李、杜、韩、柳集，《世说》《盐铁论》，汉、唐石刻副本数十轴，三代鼎鼐[11]十数事，南唐写本书数箧，

1 意甚恶：情绪很不好。
2 缓急：偏义复词，指危急。
3 戟手：举手屈肘如戟状。
4 行在：皇帝出外居留之所。这里指建康。
5 痁（shān）：疟疾。
6 分遣卖屦（jù）：指就家事留遗嘱。
7 分遣六宫：疏散宫中妃子、宫女等。
8 茵褥：枕席、被子之类。
9 他长物称是：其余用物与此数相当。
10 部送：押送。
11 鼐（nài）：大鼎。

偶病中把玩，搬在卧内者，岿然独存[1]。

上江既不可往，又虏势叵测，有弟迒，任敕局删定官，遂往依之。到台，台守已遁。之剡[2]。出睦[3]，又弃衣被。走黄岩，雇舟入海，奔行朝。时驻跸[4]章安，从御舟海道之温，又之越。庚戌十二月，放散百官，遂之衢。绍兴辛亥春三月，复赴越。壬子，又赴杭。

先侯疾亟[5]时，有张飞卿学士，携玉壶过视侯，便携去，其实珉[6]也。不知何人传道，遂妄言有颁金[7]之语，或传亦有密论列[8]者。余大惶怖，不敢言，亦不敢遂已，尽将家中所有铜器等物，欲走外廷投进[9]。到越，已移幸[10]四明。不敢留家中，并写本书寄剡。后官军收叛卒，取去，闻尽入故李将军家。所谓岿然独存者，无虑[11]十去五六矣。惟有书、画、砚、墨，可五、七簏[12]，更不忍置他所。常在卧榻下，手自开阖。在会稽，卜居土民钟氏舍。忽一夕，穴壁[13]负五簏去。余悲恸不已，重立赏收赎。后二日，邻人钟复皓出十八轴求赏，故知其盗

1 岿然独存：指遭劫难而得幸存者。
2 剡（shàn）：剡溪，著名的风景胜地，在今浙江嵊县。
3 出睦：离开睦州。睦州，今浙江建德县。
4 驻跸（bì）：皇帝出行暂时停留。
5 疾亟（jí）：病危。
6 珉（mín）：似玉的石头。
7 颁金：分取金银财物。
8 密论列：秘密举报。
9 投进：进献。
10 幸：皇帝驾临称“幸”。
11 无虑：大约。
12 簏（lù）：竹箱。
13 穴壁：在墙上打洞。

不远矣。万计求之，其余遂不可出。今知尽为吴说运使贱价得之。所谓岿然独存者，乃十去其七八。所有一二残零不成部帙书册，三数种平平书帖，犹复爱惜如护头目[1]，何愚也耶！

今日忽阅此书，如见故人。因忆侯在东莱静治堂，装卷初就，芸签缥带，束十卷作一帙。每日晚吏散，辄校勘二卷，题跋一卷。此二千卷，有题跋者五百二卷耳。今手泽[2]如新，而墓木已拱[3]，悲夫！

昔萧绎江陵陷没，不惜国亡，而毁裂书画；杨广江都倾覆，不悲身死，而复取图书。岂人性之所著，死生不能忘之欤？或者天意以余菲薄[4]，不足以享此尤物[5]耶？抑亦死者有知，犹斤斤爱惜，不肯留在人间耶！何得之艰而失之易也！

呜呼！余自少陆机作赋之二年[6]，至过蘧[7]瑗知非之两岁，三十四年之间，忧患得失，何其多矣！然有有必有无，有聚必有散，乃理之常。人亡弓，人得之，又胡足道！所以区区记其终始者，亦欲为后世好古博雅者之戒云。

绍兴二年、玄黓岁，壮月[8]朔甲寅，易安室题。

1 如护头目：好像保护头与眼睛一样。

2 手泽：亲手书写之墨迹，古代指死者的手迹。

3 墓木已拱：墓前树林已有两手合围那么粗，指已死多时。

4 菲薄：指命薄。

5 尤物：特异之物。

6 少陆机作赋之二年：指十八岁。

7 过蘧（qú）瑗知非之两岁：指五十二岁。

8 壮月：农历八月。

图书在版编目（CIP）数据

漱玉词 / （宋）李清照著. — 成都：四川文艺出版社，2021.7

ISBN 978-7-5411-6019-6

Ⅰ. ① 漱… Ⅱ. ① 李… Ⅲ. ① 宋词—选集 Ⅳ. ① I222.844

中国版本图书馆CIP 数据核字（2021）第087072 号

SHU YU CI

漱玉词

〔宋〕李清照 著

出 品 人　张庆宁
策划出品　磨铁图书
责任编辑　叶竹君
特约编辑　胡瑞婷
装帧设计　所以设计馆
责任校对　汪　平

出版发行　四川文艺出版社（成都市槐树街 2 号）
网　　址　www.scwys.com
电　　话　028-86259287（发行部）　028-86259303（编辑部）
传　　真　028-86259306

邮购地址　成都市槐树街 2 号四川文艺出版社邮购部　610031
印　　刷　三河市嘉科万达彩色印刷有限公司
成品尺寸　140mm × 210mm　　开　　本　32 开
印　　张　7.5　　字　　数　80 千
版　　次　2021 年 7 月第一版　　印　　次　2021 年 7 月第一次印刷
书　　号　ISBN 978-7-5411-6019-6
定　　价　49.00 元